激動

その時その時を生き抜く

風中鐵馬
KAZENAKA Tetsuma

文芸社

目次◆激動　その時その時を生き抜く

幼年期

蒸し暑い月明かりの畦道を、母の引く手に遅れぬように幼い私は必死で歩いていた。

その時の母は必死で誰かに追われているかのように、幼い私と姉と兄を誰かにとられまいと。

この光景は、私の潜在意識下にある記憶で、ときどき今でも夢となり現れてくる。

これは私が大学生の時にわかることだが、現実には私は、まだ産まれておらず母のお腹にいた。そしてこの時、母は嫁ぎ先の夫が不倫をし、それどころか不倫相手の女性を家に入れ、嫁ぎ先の祖父母までが一緒になり妊娠中の母を夜中に追い出しにかかったのだった。

母は一度家を出て、嫁ぎ先のみんなが寝静まるのを待って兄と姉を連れ出し、夜中の畦道を必死で走り、実家に助けを求めたそうである。

また酷いことに父はまだ産まれていない私の養子先まで決めていた。状況を知った母の実家は、「これから生まれてくる子供は絶対に養子になど出しません。子供たち三人ともこちらで育てます」と母の嫁ぎ先に伝えたが、先方は長男だけは返せと言い張った。しかし母の実家は一歩も引かずに要求を押し除けた。

後日、実家の人たちが農作業に出て大人が誰もいない隙に兄だけが連れ去られ、その後はいくら交渉しても返して貰えなかったそうである。

六十四年前の昭和三十一年の田舎での出来事であり、また母の嫁ぎ先が親戚筋でもあったため養育費の交渉はもちろん、裁判沙汰などにはできなかったそうである。

そうして兄の存在を知らぬまま、私は六歳になるまで姉と一緒に母の実家で祖父母の元、伸び伸びと育った。実家の祖父母は本当に優しく、そして私を一番に可愛がり面倒を見てくれたのが叔父（母の弟）で今でも感謝してもしきれない。

少年期

母は、私が生まれてから六年の間に再婚をし、東京で義父と生活をするようになり、実家には私と姉が残された。これも後にわかったことだが、母は無理やり東京に連れて行かれたとのこと。いきさつは、同じ村に住んでいた義父が実家のみんなが寝静まったころ母に夜這いをかけ、そして「一緒にならなければお前の両親や子供はどのような目にあうか……」と脅し、母は拐《かどわ》かされるも同然に東京に連れて行かれたようである。義父がいかに人の道に外れた人間であるかは後ほど話していきたい。

私が小学校に上がる頃に祖父母の反対にも拘わらず、母が私たち姉弟を東京に呼び寄せ、義父と母、そして私と姉の四人の生活が東京の足立区の四畳半一間・台所・トイレ共同のアパートで始まった。

この頃は、子供心に小学校で茨城なまりの言葉を馬鹿にされたことや、アパートの管理人のおじさんが写真が趣味で現像室でネガを見せてくれたりしたのを覚えている。

義父は運送会社でトラックの運転手をしており、社宅の空きができたため、四畳半一間のアパートで二年間暮らした後、六畳二間の台所・トイレ付きの社宅に引っ越した。お風呂は社宅棟の共同風呂か銭湯に行った。

引っ越すと同時に、義父の私たち姉弟に対する態度が急にひどくなった。今思うと、以前のアパートでは家族との共同部分が多いため本性を隠して猫を被っていたのである。

どのように変貌したかと言うと、義父は毎晩晩酌をするのだが、義父の晩酌と夕食が終わるまで私たち姉弟は義父と対面で正座をさせられ、その間に話でもしようものなら怒鳴られた。そして義父が社宅の共同風呂に行くまで食事はできず、また夕食のおかずは義父の残り物であった。母は、その時に決まって「辛い思いをさせてごめんね」と言った。

また私たち姉弟は、テレビも自由に見られず夜は八時に寝ろと怒鳴られ、会社で何か嫌なことがあった時は蹴られたりもした。

義父は酒乱であり、会社の飲み会や自宅で会社の人と飲んでいる時でも飲み過ぎた時は毎回必ず喧嘩となり、ひどい時は包丁を持ち出し「殺す」などと大立ち回りをする。子供心にその恐ろしさを嫌と言うほど見せられた。

ある時、会社の飲み会で揉めずに機嫌よく帰ってきた義父は、寝ている私を起こし、「饅頭を貰ってきたから食べろ」と言って手渡した。そして何故か部屋の電気を消し風呂に行った。私は子供心に嬉しく、口に饅頭を運び一口食べたが、歯に硬いものが当たり口から出した。見てみると白い錠剤のような物が一粒あり、母に何か入っていると伝えた。母の顔が急変し、すぐに私の手から饅頭全部を取り上げて棄てた。今となっては義父が何を入れたのかは定かではないが、あの真っ青な母の顔と行動に、子供心に恐怖と不安を感じたのを覚えている。

義父は母に対する言動もひどく、母はいつも無言で抵抗もせずに、その時が過ぎるのをじっと我慢していた。

後で聞いた話だが、当時義父と母の間に子供ができたが、母は義父が実子のみを可愛がるのではないかと考え義父に相談せずに中絶をし、そのことを義父が知ることとなり、より一層、私たち姉弟に強く当たるようになったとのことである。

今で言えば児童虐待で社会問題だと思う。

幸いなことに、義父の件を除けば小学生時代は良い思い出が多かった。

家にいる時は、義父が仕事から帰ってくるまでは母と姉と私は楽しく過ごせた。

小学校高学年時の運動会では毎年クラスでリレーの選手に選ばれ、また水泳大会では担任からリレーの選手経験があり本番にも強いからと、息継ぎもできないのに水泳の選手にも選ばれ、二五メートルを息継ぎをせずに必死で泳いだ。

これは、やさしい母の愛情と小学校で没頭できるスポーツ、そして友達と担任の先生のおかげだと思う。

小学校を卒業し中学生になると、中学一年で義父の働く会社でアルバイトをするようになった。次第に筋肉も付き、中学二年の時には義父よりも体も大きくなり、義父に対し反抗するようになった。反抗的な息子への対応に困った義父は、社宅をもう一つ借り私をそこに移動させた。

その頃になると、葛飾区に住む母の妹の子供、つまり私にとっての従兄がよく私のところに遊びにくるようになっていた。

私の従兄は当時、東京でもワルで有名な高校に通っていた。硬派中の硬派であり、またその友達連中も相当なものだった。しかし従兄は私には優しく接してくれていつも義父とのことを心配してくれていた。それればかりか悪いことも私に教えてくれた。例えば、硬派の歩き方から喧嘩の仕方・煙草の吸い方、当時流行ったボンタン・洋ランなど変形学生服も一緒に仕立てに行った。とにかく従兄といると怖いもの無しだった。

生意気になった中学二年の私は、入学時に入った野球部を先輩と喧嘩をしてやめてしまった。

中学三年の時、いつもは来ない義父が酔って私の部屋に来て怒鳴り散らし、

「お前は生意気だ。今からお前を殺してやるからここで待っていろ！」

と言いながら部屋を出て行った。私は泥酔状態の義父が何をするかは小学生の時から何度も見ているため、義父の行動が読めていた。私も木刀を右手に持ち、滑らないように包帯でしっかり固定し義父を待った。案の定、お決まりの包丁を手に持ちベロベロ状態で部屋のドアを乱暴に開けたのを見て私は木刀を振り上げたが、それを見るなり義父は、呆気なく退散した。

青年期

学生時代の出会い

中学を卒業後、工業高校に入った私は悪さにますます磨きがかかり、電車通学時に喧嘩したり授業をフケたりする（逃げ出してサボる）のはもちろんのこと、また地元のワルの溜まり場であった喫茶店へ入り浸ることが当たり前となった。部活はサッカー部に入ったが、これも先輩と喧嘩をしすぐに退部した。

高校二年の時には小学・中学の同級生と付き合い始めた。

彼女は小学生の時は、リレーや水泳の選手に選ばれ、中学・高校と卓球をし東京都の大会では上位入賞をするほどの活発で明るく可愛い少女であった。当時は友達としてみんなで遊ぶ仲だったが、中学を卒業し一年以上たって再会した彼女は眩しいほど美しく、おくゆかしい女性になっていた。

そしてなにを隠そう、それが四十年間連れ添うことになる私の最愛の妻である。

今思うと小学生の時、少女であった彼女に意地悪をしていた記憶があり、当時から好意があったのだと思う。

彼女と付き合うようになってからの私にも変化があり、この女性を悲しませるようなことはしないようにしようと思い少しずつ真面目になって高校にも行くようになった。

また、この時期に私の出生や母のことが解る出来事があった。

それは姉が勤めるデパートの食堂で伯母（母の姉）に呼ばれて食事をしている時に起きた。姉は私が中学三年の時に浅草のデパートに勤めはじめ、実家のアパートを出て江戸川区に住む伯母夫婦の家で暮らしていた。

食事をしていると、遠くから私にそっくりな男がこちらに向かって歩いてきて私達の席に着いた。すると叔母が急に「お前の兄で東京の慶応大学の学生だよ」と言った。はじめは意味がわからなかったが、冒頭でも述べた母が夜逃げしたこと、三兄弟であったが長男だけが父方の家に連れていかれ一緒に育つことができなかったこと、そして今の義父の所業などを話してくれた。私は今の今まで兄がいるなど知らず頭がパニック状態であったのを覚えている。

兄とはそれからは頻繁ではないが年に数回は会うようになり、今でも関係は続いている。しかし幼少より一緒に育っていないため兄弟という感覚は薄い。

その一方で義父との折り合いが完全に悪くなり、社宅を出て義父の目の届かないところへと、近くの四畳半・共同便所・風呂なしの安アパートに私だけ引っ越した。当時は母もパートで働いており、家賃を義父に内緒で捻出してくれた。私も投資新聞を駅の売店に配達するアルバイトをして小遣いを稼いだ。

このアルバイトは非常に魅力的であった。配達時間は夕刻六時からであり、最寄りの駅から日比谷線の銀座駅までの地下鉄定期代が出るため通学時の定期代が浮くばかりか、売店のおばちゃんから雑誌を貰ったりすることもできた。たまに彼女も同行し銀座でデートもした。

義父との距離が離れ、高校生活もうまく行きはじめたものの、高校卒業後の進路は白紙のままだった。私としては伯母の夫である伯父が警察庁に勤めており、何度も私を助け指導してくれた姿を見ていたため、警察官になりたかったが、素行も悪く、その能力もないと感じ、ただ漠然と、就職するしかないと思っていた。

ところが、高校三年の時に担任になった、「スズメ」というあだ名の先生は、どういうわけかわからないが、私の将来を自分のことのように心配し可愛がってくれた。

「今からでも間に合う。遅くないから、どんな大学でも大学には行っておけ」

そう何度も言われ、私でも行ける大学を探してくれたのだ。

また伯母にも同じことを言われた私は、担任の勧める工業大学を受験することに決めた。

高校で悪さを続け、勉強もせず二年の終わり頃から少し真面目になっても、大学入学は無理だと思っていたが、なんとか合格をした。伯父は大学受験を聞き、九州の太宰府天満宮まで合格祈願に行ってそのお守りを私にくれた。多分その御利益があったのだと思う。

＊

私は六十三歳になる現在まで、今まで述べてきた、そしてこれから後で述べる多々起きた大きな問題に対し、いつ頃から身に付いたのかわからないが、事にあたる前は必ず「案ずるより産むがやすし」、そして事には「当たって砕けろ」と考え過ぎないようにし、自身の〝ありたい姿〟を思い浮かべ行動をするようにしてきた。

この大学受験に向かう道を歩きながら、自分にそう言い聞かせ気持ちを落ち着かせていたのを今でも覚えている。

考え過ぎ、悩み過ぎは人の心を萎縮させ行動を止めてしまう。最悪は自身を殺してしまう。それならば頭でありたい姿を描き、その戦略を立てたらあとは行動あるのみ、自身の力・能力の一〇〇%以上を出しきり、事に当たることを信条としてきた。一〇〇%は誰でもできる普通のことであり、一三〇%の力を出し切ることで私の周りにいる人々が私を評価してくれる。

「結果は後からついてくる」

*

大学では電気工学を専攻した。生活費を稼ぐためにバイトずくめの毎日だったが苦にはならなかった。逆に今思うと色々経験ができて生きた社会勉強だった。自分の経験値が上がり肥やしになったと思う。

高校時代からの新聞のアルバイトを続けながら他のアルバイトも色々やった。

その中でも印象に残っているのは、バイト代が良かった道路に白線を引くバイトで、日給で当時で一万円にもなった。しかし夏場の作業はアスファルトからの反射熱で異常に熱く、しかも交通量の多い道路は命懸けだった。今では煽《あお》り運転が問題になっているが、やはり当時も白線作業員に対しわざとスレスレに接近したり、クラクションを鳴らし続けたり、通り過ぎる間際に怒鳴ったり、停止して文句を言ったりと酷い運転マナーのドライバーが数多くいた。

また安全靴製造のコンベヤー作業のバイトでは、ゴムの溶解したにおいの中、毎日が同じ作業の繰り返しで、自分なりに効率を考えながら作業を行っていたが私向きではなかった。この経験から「社会に出たら作業をする側ではなく、日々成果を出すために何をすべきかを考え、作業をしてもらう側になりたい」と思うようになった。

化粧品会社で商品のセット詰めのバイトをした時は、そこの課長に気に入られ一ラインを任された。いかに間違いなく他ラインより生産を上げるか、一緒に働くメンバーの特性・能力を見ながら人員配置を考え、好成績をおさめた。

他にも各種のバイトをしたが、良い友人達にも恵まれ、色々な局面でも協力してもらい大学の単位を落とさずに楽しい大学生活を送れた。

もちろん彼女の愛情と協力にも感謝している。彼女とは大学三年の時に結婚しようと思ったのだが、やはり大学をきちんと出てからと二人で話し合い、大学を卒業してから半年後に結婚した。

社会人生活のはじまり

大学を卒業した私は、東京都墨田区にある大手電機メーカーの下請け会社に入社した。

この会社は、漏電ブレーカーやスイッチ関係を設計・製造する会社で、私は初め製造課に配属になった。

製造は漏電ブレーカーをコンベヤーの流れ作業で組み立てていた。大学時代に製造するものは違うがコンベヤー作業を経験していたために、効率を考えたライン改造等をして生産性を上げげた。

二年後には開発課に配属となった。ここでは、今の漏電ブレーカーの性能は維持し、

郵 便 は が き

料金受取人払郵便

新宿局承認

3971

差出有効期間
2022年7月
31日まで
(切手不要)

160-8791

141

東京都新宿区新宿1－10－1

(株)文芸社

愛読者カード係 行

お名前《ふりがな》		明治 大正 昭和 平成	年生 歳
ご住所《ふりがな》	□□□-□□□□	性別	男・女
お電話番号	(書籍ご注文の際に必要です)	ご職業	
E-mail			
ご購読雑誌(複数可)		ご購読新聞	新聞

最近読んでおもしろかった本や今後、とりあげてほしいテーマをお教えください。

ご自分の研究成果や経験、お考え等を出版してみたいというお気持ちはありますか。

ある　ない　内容・テーマ(　　　)

現在完成した作品をお持ちですか。

ある　ない　ジャンル・原稿量(　　　)

書　名				
お買上 書　店	都道 府県	市区 郡	書店名	書店
			ご購入日	年　月　日

本書をどこでお知りになりましたか?

1.書店店頭　2.知人にすすめられて　3.インターネット(サイト名　　　)

4.DMハガキ　5.広告、記事を見て(新聞、雑誌名　　　)

上の質問に関連して、ご購入の決め手となったのは?

1.タイトル　2.著者　3.内容　4.カバーデザイン　5.帯

その他ご自由にお書きください。

(　　　)

本書についてのご意見、ご感想をお聞かせください。

①内容について

②カバー、タイトル、帯について

弊社Webサイトからもご意見、ご感想をお寄せいただけます。

ご協力ありがとうございました。

※お寄せいただいたご意見、ご感想は新聞広告等で匿名にて使わせていただくことがあります。

※お客様の個人情報は、小社からの連絡のみに使用します。社外に提供することは一切ありません。

いかに部品点数と組み立て工程数を少なくするかという「原価削減」を徹底的に考え、形にするのが仕事だった。当然であるが漏電ブレーカーの性能を、法的衝撃試験をクリアするレベルで行うには試作の繰り返ししかなかった。そして親会社の承認も必要になる。

また今では当たり前になっているが、家庭用電灯スイッチに光る機能またはタイマー機能を持たせ、耐久性も要求される開発を行った。これは「電灯スイッチ」という小さいケース容量の中にこれらの機能をいかに入れるか、機械式タイマーの開発から行わなければならず大変な開発であった。

こうして仕事に没頭しながらも私は二十五歳の時、お金もないのに茨城県に無理をして家を建てた。私には貯金もなかったため、頭金は妻が銀行員時代に貯めた貯金を使わせてもらった。

アパート住まいしかしてこなかった私にはマイホームが夢であった。そして妻も同じ夢を持っていたからである。何故に茨城県かというと、幼少時に茨城県で育ち、東京の会社にも通勤可能であったからである。そして毎週のように茨城に妻と二人で出かけ、家の仕様打ち合わせをしたり建築中の状況を見たりして夢が現実になるのを楽しんだ。

この時の私には、これからローンを抱えてやっていけるのかなどの不安は一切なかった。何故なら考えるより払い続けるために何をするかを考え、今与えられている条件、つまり仕事で認められるためにはどうするかを考えていたからだ。

「夢を実現させるために考え、そして行動を起こす」

二年後には品質保証課に配属となった。ここには二つのチームがあった。製造に使われる部品の受入検査、製造工程内の品質管理、商品の品質管理・出荷検査、工程内不良の真因追究と改善を行う品質管理チームと、開発された商品を開発段階から法的要求を満足し、それを造り込む製造工程の品質管理項目を決める、いわゆる品質管理工程表を作り、その商品の品質保証をし、市場で出たクレーム対応も行うチームだ。

私は品質保証チームとなり、親会社で品質保証の講習を受け、品質保証とは何かを徹底的に叩き込まれた。

①品質は開発段階で造り込まれる
②品質異常は、二原「原理・原則」を理解した上で三現「現場・現物を現実的に観る」の実践により真因が分かる
③現象を原因と間違えないために「何故・何故」を五回繰り返し真因を追究する
④現象を原因と間違えて対策をたてると同一の品質異常が再発する
⑤製造現場改善「品質・生産性」で一番有効な手段はＱＣサークル活動（従業員による小集団品質改善活動）を含め、いかに作業者を改善テーマに参画させるかである。何故なら彼らが一番現場情報を知っているからである
⑥品質とは、法的要求品質と消費者要求品質を満足すればよく、過剰な品質管理を防ぎ安定した品質の商品を造り込むために商品開発段階そして製造段階での三無「無理・無駄・無良」を徹底的に排除し会社に利益貢献することである

ここで一番重要なことは、品質保証とは、会社の警察機能で、品質管理とは製造現場に対して警官がパトロールすることである。この機能が弱いとルール無視が起こり品質異常が発生し、会社に対し不利益をもたらす。

品質管理は「怖がられ・嫌われてなんぼ」であり、嫌われる勇気のない人間には向いていないと思う。


この会社に勤め七年が経った二十九歳の時、会社が静岡県に移転となることが発表された。私は、茨城県に家を構えたばかりであったため会社残留を諦め、退職することを決めた。

新しい就職先は、東京・大塚にあるプラントエンジニアリングの会社で、大手原子力事業所のプラント設計部門に配属された。高校・大学と設計も学んだので、設計自体は誰にも指導を受けずに、こなすことができた。

しかし与えられた設計要求に対し、できた設計図面を上司は不満げな表情をして受け取ったきり何も言ってこなかった。これでは提案内容のどこがよくなかったのかわからない。そこで私なりにその対応について考えて何とかして評価を得ようと考えた。そして与えられた設計要求に対し、図面の品質を落とさずいかに生産性を上げるかを考えた。それは図面作成納期に間に合えば良いのではなく、一時間でも、半日でも早く、一日でも早く仕上げる目標を自分で立て、製図板の角度から使用する鉛筆にまでこだわり、線の濃淡や太さのやり直しをなくす等の改善をトライし続けた。当時は、まだCAD等はなかったので全て手書きであった。

「課題を自分で見つけ出し、ゴールを明確にし行動を起こす」

そしてそんなやりとりが半年以上続いたある日、その上司が満足げに「今夜飲みに行こう」と言ってくれた。

飲みに行くとそこには部長までいて、色々話していると部長が突然「君は何故、ここで設計をしているのか?」と質問された。言っている意味がわからなかったので黙っていると、部長はこう続けた。

「君はこんな所にいる人間ではない。何か自分で事業をするか、人を使う側の人間だ」

私の何を見てこのように思ったのかはわからないが、私の心に深く刻まれた一言であったのは間違いない。現在の私があるのはこの言葉があったからだと思う。

壮年期

大きな転換期

私が転職し一年経った頃、妻が背中が痛く我慢できないと訴えた。総合病院に行くと、腎盂炎との診断だった。しかし安全をみて大学病院を紹介され精密検査となった。その結果、大病を発症していることがわかり、即日入院となった。

担当医に呼ばれ、精密検査の結果と今後の治療内容、そしてもしものことを考慮し、すぐ連絡対応できるようにと言われ、私なりに今後どうすべきか考え、今すぐに会社を辞める決意をし地元の茨城で就職先を探すことにした。

治療に入る前に私たち夫婦に朗報が入った。妻の妊娠がわかったのだ。夫婦共々喜んだが、担当医からは、

「残念だが妊娠中は治療ができない、治療できなければ奥さんが危ない」

と言われた。この時のショックは今でも忘れない。

しかし妻は、

「結婚して七年間子供ができずにやっと授かった命だから、絶対に下ろさない。私はどうなっても構わない」

の一点張りで頑として受け付けず、昼夜問わず何度も何度も涙ながらに訴えた。

私も根負けし、担当医は「それでは妊娠の安定期に入るまで様子を見ながらできる治療から始めましょう」ということになった。

それからの妻は本当に辛かったと思うが、弱音ひとつ吐かずに気丈に治療を受け入れ、順調に入院生活を送った。

地元での職探しでは、たまたまラベルメーカーの新工場従業員募集で品質管理員も

求める広告を見つけ、入社試験を受けることとなった。

募集人員は、三〇名程度だったと思うが、試験当日は二〇〇名以上の人が試験会場に押し寄せており驚いたが、適正試験そして面接を受け、後日合格の連絡を頂いた。

これで、何が起きても妻のそばにいられると安堵した。

新しい会社に入社し、しばらくすると妻も安定期に入り薬の投与治療が始まり、順調に治療が進み退院となった。まだ安心はできないが、本当に嬉しかったことを覚えている。

会社の方は、工場でまず印刷工程で研修を受け、その後に品質管理課に配属となった。

この会社に入って、まずその品質管理の考え方の違いに驚かされた。通常、電気商品は部品の集合体でできているため、「部品品質」と「組み立て品質」を管理すれば不良は最小限に抑えられる。しかし、ラベル製造の場合は真逆だ。ロール巻状になっているフィルムに印刷機でデザインピッチを複数列一色ごとに各色を印刷し、八色から九色重ねる。その後、複数列印刷されたフィルムを一列単位にスリットしその後に製袋する工程を経て、検査工程・巻き取り工程となりラベルのロール品が完成する。つまり一つの物が複数列に分かれそしてワンピッチ単位のラベル商品となる。

一番違うのは、不良を検査機で発見できても印刷中またはスリット・製袋工程は連続生産のため機械を止めることができず、最終検査工程ではじめて不良を取り除くために工程不良率は非常に高いということだ。そして取り除きミスによる不良品の流出が起こり顧客クレームとなる。

品質管理課に配属になり、まず行ったのが顧客のクレーム処理であった。一番クレームとして多いのが製袋工程のクレームであった。しかし入社したばかりで印刷工程のみの実習しか受けていない私は、まず印刷工程以降の工程を必死で見聞きし勉強をした。それこそ「何故、何故」の繰り返しで、その工程の作業者・管理監督者はウンザリだったに違いないと思う。

ある時、とある顧客からのクレームが異常に多いため、その対応を私がすることとなった。これまで顧客側の製造ラインの検査で納品したラベルの不良が発見されればされるほど厳しくなっていったからではあるが、こちらの品質が悪く顧客が代わりに発見していることに変わりはない。

まずその顧客を訪問したところ、担当者は会ってくれるどころか門前払いであった。しかし私は日参した。会ってもらえず一カ月が過ぎた頃に、やっと担当者が会ってくれるようになったが、対面せずハスに構え真面《まとも》に顔を見ようとしなかった。そうしてさらに一カ月が過ぎようとした頃に、やっと真面に顔を見て話してくれるようになった。ここからが始まりである。

顧客担当者は、どれだけ顧客ラインが迷惑を被りそしてどれだけ検査工数の損失があるかを懇々と私に話したが、憤慨はせずに「この不良を私が協力するから一緒になくそう」と言ってくれた。そしてクレーム撲滅のための行動まで詳細に私に指示し教育をしてくれた。

その行動とは、顧客がどれだけ迷惑しているかを全体朝礼で担当営業が顧客に代わり発表し、また不良発生時には都度工程をストップさせて全員を集め発表、クレームサンプルを掲示し工場全員に周知させ危機感を持たせ、常に刺激を与えるというものであった。

クレームへの対応というのは現象面ではなく、真因を徹底的に掘り下げて具体的な改善策を講じることであった。当然再発防止のための品質パトロールも行った。

そうして半年が過ぎた頃にはクレーム件数も半減し、一年経つ頃には数件となっていた。

今でもその顧客担当者には感謝であるが、なんとその担当者は、

「よくこの一年でクレームをなくしてくれた。これはお前の成果である。お前の会社で一番偉い人を呼んで成果発表会をやろう」

「お前は、この成果をうまくまとめられないだろうから私がまとめてやる」

とまで言ってくれ実際にやってくれた。

発表会当日は、会長・社長まで来てくれてその前で顧客担当者がこの一年の話をし私が成果発表をした。そうして最後には会長・社長よりお褒めのお言葉を頂いた。

そして最後に顧客担当者から「彼にＱＣサークル活動をやらせ御社の品質改善を進めてはどうか？」との提案があり、それをやらされる羽目になり工場にＱＣサークル活動を展開した。

このQCサークル活動はその後に生産本部内の他の二工場にも展開し、のちにはタイ工場そしてアメリカの工場にも展開することとなる。

新たな命の誕生

話は前後するが、私が新しい会社の品質管理課で顧客訪問を開始してから半年後に、出産予定日より一カ月早く女の子が生まれた。

私が顧客訪問中に電話があり、妻が破水をし病院に入院したとの連絡を受けた。私は心配とともに初めての我が子が生まれると思うと嬉しかった。

慌てて病院に向かったが、まだ生まれておらず一度自宅に帰るように言われ、翌朝方に生まれたという連絡を受け病院に向かった。先生は難産で妻がよく頑張ったと言っていた。

初めて見た我が子は、早産のため未熟児で二二〇〇グラムしかなく、保育器の中に入っていた。我が子には色々な管が繋がれおり痛々しく可哀想で涙が溢れた。本当に小さく手のひらに乗るくらいであった。こんなに小さい娘が必死で生きている。

妻はこの我が子の状況を見ながら「ごめんね、痛いよね。ごめんね」と何度も何度も涙し、入院中に保育器の我が子を昼夜見ながら泣いた。

通常は一週間で母子共に退院するところ、二週間経っての退院となった。

退院後の妻は病気もありしんどかったと思うが、気丈に振る舞い、そして我が子は母乳とミルクをよく飲み普通の赤ちゃんと変わらないくらいになっていた。


「親にさせてくれて本当にありがとう」と妻に言いたい。


その当時の私には不安があった。私が父親の愛情を知らずに育ったため、どのように我が子に接し育てていけばいいかわからなかったのだ。

しかしここも「案ずるより産むが易し」である。

後で記すが単身赴任が多かった私でも我が子は、私の愛情を感じてくれている。これは妻が私がいない時でも私を常にたて父親の愛情・感謝について娘にいつも言い聞かせてくれていた影響が大きいと思う。

ここでも妻に本当に感謝である。

また、娘が三歳になる時に二人目の子の妊娠が分かった。

妻と二人で主治医のところに相談に行ったが、「今回は絶対に無理であり母体がもたない」と厳しく言われた。それでもなんとかと食い下がり、様子を観ながらということになった。

しかし妊娠五カ月の時に妻の容態が急変し、先生もこれ以上は妻の方が危ないと言われ、諦めるしかなかった。この時の妻の悲しみの深さは今でも忘れない。

このような悲しい出来事もあり、より一層に娘を大事に思い育てた。

二人目の子どもの分まで。

その娘も今では二人の女の子の母親で、子育てに忙しい思いをしながら幸せな家庭を築いている。

現場での問題解決の日々

品質管理として多くの問題が発生したが、その中の出来事を紹介したいと思う。

ある大きな化粧品会社には、ロール品ではなくワンピッチ単位でカットしたカットラベルを納めているのだが、そのカット品に異品種が混入し、市場で発見されるという大きなクレームが発生した。

顧客より、すぐに顧客工場に来て生産状況を説明せよとの電話が入った。その説明内容によっては市場回収となり、四億円以上の回収費用が発生するとのことであった。私はその顧客工場のそばへ顧客訪問している上司に連絡したが、対応困難なため私が行くことになった。出向く前に原因調査と危険ロットの絞り込みを行い、発生クレームのみで他に発生する可能性はないことがわかった。

夕刻の六時すぎに自社の工場を車で出たが、当時はカーナビもなく地図を頼りに顧客工場へ向かった。そして顧客工場に着いたのが夜九時過ぎとなってしまったが、顧客工場には本社から営業本部長はじめ工場長含め十数人が待ち構えていた。そして全員の前で今回の異種混入の発生状況の説明を求められた。

私は現在の異種混入防止策と実施状況、そして今回の発生原因及び危険ロットについて説明した。

しかし顧客からは、「その説明内容では納得できない。本当に危険ロットは今回の市場クレームのみなのか」等々の質問が飛び交い、結論が出ないまま時間だけが過ぎていた。

気がつくと深夜十二時を回っていた。すると顧客の品質保証部の方が、

「明日朝七時に私が工場に行き、彼の言っていることが間違いないか検証をし、そのとおりであれば、今回のクレームに対しての全国回収はしないことにしてはどうか？」

と提案し、ようやくその場での議論が終わった。

翌朝七時、約束通りに顧客の品質保証部の方がみえて現場検証となった。生産工程表と作業標準、異種混入施策、そして生産記録と作業者への聞き取りを行った。そし

て昨夜の説明が正しくこれ以上のクレームは出ないことを本社に連絡し、全国回収はなしとなった。

私は、これを聞いて一安心をしたが、これで市場クレームが他に出たらと思うと不安だった。しかし一週間から一カ月経ってもクレーム発生はなく、そこで本当に安心した。

この時思ったことはこうだ。

①クレーム発生時は三現（現場・現物を現実的に観る）を実践し、状況と原因を明確にする
②顧客が必要としているのは、対応スピードであり、そして他に影響がないか危険ロットの絞り込みである
③顧客に対しては、堂々と二原つまり「原理・原則」をもとに理論的に説明をすること

工場の品質管理に六年ほど従事し、その後は工場の生産部長となり生産全般を見るようになった。

その際にも色々な問題が日々発生した。工場はまさに生き物で、一日として同じ日はないことを痛感した。その中で一番印象に残るエピソードをあげようと思う。

春から夏にかけてが繁忙期であった工場に、ある猛暑の年、通常以上の注文が殺到した。

そのために昼夜問わずフル稼働をしていたが、それでも人員が足りず、お盆休み返上で対応せざるをえなくなり、私自身も夜勤ラインに入り生産をした。この時は夕刻五時に出社し昼勤と交代し翌朝八時までラインに入り、その後に生産部長としての業務を行い、自宅には正午に帰り寝るというサイクルが約一カ月続いた。四時間の睡眠のため、手足の先が熱く膨張したかのようになり、本当に辛かった。

今であれば過重労働ものである。しかし私自身は得たものは多くあった。

①品質を上げ、そして生産効率をいかに上げるか
②生産工程が多工程に及ぶため工程間仕掛り品が多い。つまり部分最適をいかに全体最適にするか
③ボトルネック工程の問題抽出と改善
④生産工程計画組みの精度を上げて、いかに効率よく生産させるか
⑤段取り替え回数をいかに抑えるか

海外工場支援

私が三十九歳の時に、初めてイギリスにある海外工場の支援を命じられ、三カ月の海外出張となった。目的は生産問題の改善であった。

また出張中のレポートライン（業務の報告経路）は、工場長でもなく生産本部長でもなく会長にであった。また週報ではなく日報であり、トップに直接レポートのため、課題内容とその対応内容には日々緊張し報告したことを覚えている。

会長からの返信内容・指示内容は的確でそして厳しく、後の私の大きな財産となっている。

海外出張で一カ月が経つ頃に突然に会長がおいでになり、早速工場を視察し、その場で厳しい指導を受けた。

また会長自ら社員寮にくることなど今までになかったそうだが、翌日に私が住んでいた寮にまでお越しになり、また厳しい指導を色々と受けた。そして最後にこうおっしゃった。

「お前がここに来て三カ月も経つのに何も変わっていない。どういうことか」

私は心の中で、「まだ一カ月しか経っていないのに」と思っていたが、当然口にならど出すことはなかった。その時の私には理解できなかったが、後にこういうことだと理解した。

①三カ月の仕事内容を一カ月の期間と思い、行動する。そのスピード感が重要である

②一カ月で変化の兆しが見えなければ、ズルズルと納期のない仕事となる
③そのためにゴールイメージを描きスピード感を持って行動する
④「私が来たことをみんなが見ている」「このスピード感では彼らは何も変わらないと思う」
⑤来た目的と現場のあるべき姿を明確にし現場の現状課題とその改善内容及び行動スケジュールを工場全体で共有化し全員参画で取り組むこと

経営者自ら工場経営のご指導いただき、本当にありがたいことである。

その翌年には再度同じ海外工場に行くように命じられた。期間は同じく三カ月であったが、その目的は、次期工場長の赴任にあたり教育することであった。

実際には、次期工場長の赴任が一カ月遅れて四カ月の出張となったが、彼が来るまでに前年の改善内容を確認できた。そして新工場長に指導をし、私は四カ月後に日本に戻った。

帰国後は工場で製造研修会が行われていたが、私は休暇を取る予定で承認は事前に

得ていた。しかし工場長から突然電話があり出社するように言われた。工場に行くと工場長より「次月から君が工場長に決まったので研修会に出るように」と言われた。あまりに突然のことであり、また時差もあり頭が回らずにいたが、そのまま研修会に参加し、工場長とも話をし頭の整理がやっとついた。

前回そして今回の海外出張は、私が工場長としてやっていけるかのテストであったのだと。

工場長になってからの一年は死に物狂いで前進あるのみ、後ろを振り返る余裕もなかった。

工場生産部長をしている時に工場の課題は摑んでおり、私なりに工場のあるべき姿は描いていたので、工場内人事から、あるべき姿の共有化そして部課長に参画させ改善を行った。あるべき姿の実現に向け厳しく指示指導をしていたために、「翌朝には誰も工場に出勤しない」という夢をよく見た。

工場には、新入社員・中途採用社員を含めた若い社員が多くいて、面接時にはきちんとした身なりだったが、入社時には髪を茶色に染め、危険物倉庫前で平気でタバコを吸ったりする者もおり、厳しく指導を繰り返した。「ものつくりは人つくり」というが、挨拶をはじめ社会人の一般常識を知らない若者には一から工場で教えるしかなかった。特に有機溶剤という危険物を扱う印刷工程があるため、扱い方を間違えれば工場火災となる。心配で心配で夜勤時は真夜中の工場を何回も見に行った。そして自家用車で工場に出勤する時に工場は燃えていないことを目視確認をし、安堵したものだった。

そんな中、アメリカの工場支援の要請があり渡米することになったが、それがちょうど9・11テロが起きた一週間後であった。

ニューアーク・リバティー国際空港から工場に向かう際のハドソン川の橋の上からは、テロで焼け崩れたツインタワーの黒い煙とジェット燃料のにおいがしたのを強烈に覚えている。

工場に着くと、こんな時によく来てくれたと言われたが、当然である。ニュースでは日系企業の駐在員の多くに緊急帰国命令が出ていたのである。

こんな大変な状況で支援などできるのかとの疑問もあったが、まずは三現を実践し工場の課題を抽出した。その課題をもとに日本からの専門技術者の派遣依頼を行った。そして彼らが一カ月後に到着し、改善活動を開始した。

この最中にも、アメリカでは炭素菌問題や、テロの二カ月後の十一月十二日にはアメリカン航空機がケネディー空港近辺の住宅街に墜落するという事故も起こった。またテロかと従業員がテレビに食いつきながら観ている。彼らアメリカ人は本土に攻撃が及んだことがないためその衝撃は非常に大きく、事あるごとにニュースを見ては、暗く元気ない様子をよく見かけた。

そうこうしている中、改善活動が進み、やっと土日に休日が取れるようになった。

私は休みのたびに同僚とニューヨークに行った。アメリカで一番危険なところが、テロ発生で一〇〇メートル間隔で警察官が立ち警備しており一番安全な街となっていた。

当然グラウンド・ゼロ（旧ワールドトレード・センター）にも行った。初めは立ち入り禁止であったが、時間が経つにつれ近くまでいくことができるようになり、その惨状を目の当たりにし、本当にひどいテロであったと痛感した。

結局九月に渡米し、改善活動が終わったのは街がクリスマスの電飾で輝き始めた十二月初旬で、やっと帰国の途につくことができた。


それと同時期に日本の生産を統括する生産本部長も営業出身者に代わったが、相談にもよく乗っていただき、ご指導もしていただいた。

ある日、私に対し「お前の工場は顧客満足ができていない」と厳しく言われた。

私は工場の利益・品質と納期を改善し、それなりの成果を収めていたためにその意味がわからずにいた。


しばらくして、会長のある言葉を思い出した。ちょうど三十代半ばで会社の中期経営会議に参加できるようになった時だった。

「売りの責任は工場である。そして品質の責任は営業にある」

品質・コスト・納期を顧客の要求通りに実現し提供できれば、顧客の信頼を得てリピートが増え、売り上げが上がる。それが工場の責任である。
そして品質とは、「入り口管理」のことで顧客が必要とする商品をいかに掴むか、そしてそのための提案と行動をどうするかである。またクレーム発生時も同様で、いかに発生状況を正確に掴み工場に流し、解決スピードを上げるかが企業としての営業の務めであるということである。

この言葉を思い出し私は、工場の利益・品質・納期の改善をしてきたのだが、果たしてそれは顧客が望む要求を満足させているのかを自問自答した。否である。これはあくまでも工場から見た自己満足で、顧客が何を望んでいるかを営業から、そして私自ら顧客訪問をして聞いたことがなかった。また顧客は新商品ラベルの立ち会いに工場に来るが、会って話をしたことがなかった、そのチャンスさえ生かすことができていないと反省をし、工場にできる顧客満足を考えた。

①私自ら積極的に顧客訪問し何を望んでいるかを聞くこと
②顧客の工場訪問の際は、工場概要説明にとどまらず、我が社の扱い品の説明をする
③工場見学の際に品質管理と品質保証体制の説明を行い、安心感を持ってもらう
④さらに工場見学の際は、５Ｓ「整理・整頓・清掃・清潔・躾」の状況と品質管理状況も見てもらい信頼を得る
⑤工場見学後は、工場見学時の問題点と顧客の望む品質・コスト・納期・サービスの要求を聞く
⑥そしてその際に答えられることと、宿題として預かることを明確にして、後日必ず返答する

これらを実践し繰り返すことにより顧客との太い信頼のパイプを構築することができる。

中年期

生産部門での経験

工場経営を経験したあとは、大阪に単身赴任となり、顧客との入り口管理機能である受注センター長を務めることとなった。

この「受注センター」は、顧客の新商品のデザイン入稿・顧客立ち会い承認プロセスを経て、工場での生産計画・指示をし生産から出荷までの管理を行う。

またリピート商品の受注機能から生産計画、そして生産から出荷までの管理を行い、生産で使用する主材料の発注から在庫管理、工場の製品仕掛り在庫と製品在庫管理も行っている。

つまり入り口から出口管理そして受注予測管理まで行う。

センターの課題としては、受注予測の精度をいかに高め、製品生産のリードタイム（全ての工程の所要時間）を正確に把握・管理し、そして仕掛り・製品在庫管理を行うかである。

特にこちらの繁忙期である春から夏にかけては、どうしてもリードタイムが長くなるために、それを見越して顧客も受注量を増やして在庫を積んでおく必要が出てくる。するると、在庫を積むことによるこちらの倉庫費用と年末の顧客責任の在庫処理費用が多く発生する。

これは顧客そしてこちらにも大きな損失である。

そこで工場に対して適正在庫数を指示し、在庫削減を図った。また顧客に対しては在庫悪（在庫を持ちすぎるために売れ残りが発生した場合の損失）について金額提示と説明を行った。

そして生産ラインの曜日・号機の専有化の提案をし、きめ細かい対応を行うよう改善した。

　またデザインでは入稿情報の精度アップとデザイン業務改善、そして印刷立ち会いレスの推進を行いリードタイムの短縮を行った。

　当初、工場からは「生産効率が落ちる」「在庫を積ませて欲しい」との強い要望があったが、私は、

「自工場の都合で生産効率を上げるために生産計画変更・今必要ではない在庫積みなどはすべきではなく、中小ロットでも対応可能な生産性改善をすべきである。これは工場にとって品質改善・納期短縮改善に繋がり、ひいては生産性向上と基盤強化になる。そして工場としての顧客満足を行うことができる」

　と説いてみんなに納得してもらった。

　そして実際に各工場とも在庫減となり、顧客は年末の在庫処理費用削減につながった。

　そうして受注センター長の仕事を経て、再度工場経営を任されたあとに、生産関係

の全てを統括する生産本部長を任されることとなった。そして今後の生産部門はどうあるべきかを考え実践していった。

まず取り組んだのは生産性改革である。

生産技術部に対し、現行の生産設備で生産性を二〇〇%向上させることに取り組んだ。時間はかかったが、試行を繰り返し、各工程とも生産スピードは倍になり、センサー類を多用して一人で多台の作業も行えるようにし、生産性も倍にした。

次に取り組んだのは、工場の統廃合である。

三工場体制から東西各一拠点の二工場に統廃合を実施した。

この時、計画を立てる側と実行する側の連携をいかにとるか、計画は机上通りにはいかないことを思い知らされた。

移管する際に大きな失敗をして顧客に対し迷惑をかけてしまったのだ。

一工場分の商品群を二工場に振り分け移管するのだが、十分に危険予知をし議論を重ねた上で移管スケジュールを立ててはいたものの、いざ移管が始まると、商品ごとの仕様原簿・版下・シリンダーなど印刷に必要なもの全てが揃っていなかったり、違う工場に送られたりして、生産に問題が発生し、顧客納期に間に合わない事例が多発したのだ。

反省点
①移管スケジュールを受注センターそして各工場生産管理で立てたが、原簿・版下・シリンダーは対であるのが当たり前との理解で作業手順・注意点まで落とし込まなかった
②移管前に移管内容に問題はないか、また理解されているかの確認を怠った
③移管実施の際に作業者末端まで伝わっていなかった

工場の統廃合を実施し、新しい体制で運営がはじまったあと、今までにない最大のクレームが発生した。
それは今までに経験したことのない「ラベルが市場で剝がれる」という内容であっ

た。

しかも全てのラベルが剝がれるのではなく、顧客製品倉庫内や流通時、コンビニのショーケース内で等、ランダムに発生した。

発生が四月で、解決したのが十二月であった。その間は技術者総出で土曜日曜の休みも返上し原因の追究を行い、季節を感じる余裕さえなかった。

結果として一枚一円もしないラベルが、今までにないクレーム金額となってしまった。

この時の大きな反省点は、

①原因が判明し対応策が確定するまで、ラベルの供給をストップさせる判断ができなかった

②顧客商品の店頭欠品をさせないことを最優先としてしまった

③原因追究に時間がかかりすぎた

④ラベル供給すればするほどクレーム件数が増えていった

結果論になるが、特にすぐに原因がわからない場合は、顧客の状況を理解した上でも、ダラダラとラベル供給を続けずにストップさせる勇気が必要であった。それが本来の顧客満足ではないか。

できることとできないことを明確に伝えること。中途半端な回答は双方ともに混乱を招き膨大な費用を費やし、ひいては信頼を失う。

社長業のはじまり

私が五十歳の年末に日本法人の社長になるよう内示があり、翌五十一歳の時には代表取締役社長と生産本部長を兼務することとなった。

またそのさらに一年後には、機械事業会社及びシール事業会社の社長も兼務となる。

社長になって半年経った頃に後頭部が非常に重く感じ、病院で診てもらったことがあった。その時は血圧が一八〇を超えていることがわかり、すぐに血圧の薬を処方された。

その薬で血圧はすぐに正常値になったが、社長業とは、はたで見ているよりストレスが溜まり本当に大変な職業だと感じた。


ここから、三年間の社長就任中の大きな出来事を紹介したい。

●ラベルの薄肉化

当時フィルムラベルの厚みは、六〇ミクロンから五〇ミクロンが主流であった。また筒状仕様のラベル以外は市場にはなかったが、他社が私の会社より薄い巻き付け仕様のラベルを市場投入してきた。

市場では環境問題が課題となりつつあったこともあり、品質と生産性を維持しつつ環境対応にもなる今までより薄いフィルムのラベルを市場に出すことを目的として新しいプロジェクトを立ち上げた。

当初、このような大胆な開発を心配する声や、「薄肉化するため売価が下がり、売り上げと利益が下がる」とか「当社を潰すつもりか」との声も聞こえたが、私は、このプロジェクトは絶対に必要であると確信していた。

機械事業の社長も兼務していた私は、フィルム事業と機械事業の技術者からそれぞれ精鋭を選び、このプロジェクトをスタートさせた。

ゴールイメージ

①最終フィルムの厚さは二〇ミクロンとする
②その厚さでもラベリングできる機械を設計から行い完成させる
③厚みが薄くなるためラベル生産の機械を見直し、品質・生産性を落とすことなく、また利益が出るような工法を開発すること
＊各項目を設計から市場投入まで一年間で行うこと

プロジェクトがスタートしてからは、週一回のペースでプロジェクト会議を行い、フィルム開発担当とラベラー開発担当（機械開発担当）、そしてラベル製造工法開発担当の進捗確認と課題の洗い出し、そしてその施策を議論した。

毎週、機械開発担当からフィルム開発担当への厳しいフィルム仕様の要求があった。今までフィルム開発では数値化されていない部分においても数値化の要求があったのだ。できる・できないの激しいバトルが繰り広げられたが、できないではない、それができなければラベラーの仕様も決まらず、できたとしてもラベル装着品質がバラつき、市場投入どころか機械さえできないのだ。

こうして、今までの五〇〜六〇ミクロンの厚さとは違い、ラベラー内でのラベル搬送の次元が違うことをフィルム開発者もさらに理解し、今までにないフィルム特性を数値化した。またフィルムの厚みが今までの三分の一になることにより、ラベル製造時の巻き取りメータが三倍となることから工法開発担当も薄肉フィルムのメリット・デメリットを理解し工法開発を行った。

フィルムができ、ラベラー試作機ができてからも、トライし課題を抽出し施策を打ちの繰り返しを行い、一年後には予定通り市場に投入することができた。
この時は関係者一同、本当に嬉しかったことを昨日のことのように鮮明に覚えている。

そうしてこの薄肉ラベルは、今でも会社の戦略商品であり、ラベルとラベラーのシステム販売の柱となっている。当然であるが、ラベル製造の工法開発も完成していたので品質・生産性ともにクリアし利益もたたき出した。

また、当初心配されていた薄肉化による売り上げダウンについても、全てのラベル商品を薄肉化するのではなく、戦略を持って市場投入することによりダメージにはならなかった。そして環境対応ラベルを市場投入したことでの会社イメージは当然上がった。

このプロジェクトで強く感じたことは、

①どのよう難しいことでも、また反対があっても市場環境変化がそれを望むのであれば勇気を持って行うこと

②あるべき姿とゴール設定を明確にする

③PDCA（Plan-Do-Check-Action）サイクルを速く絶え間なく回すこと

④お互いに交流が弱かったラベル事業部門と機械事業部門とを協働させたこと

⑤技術者が互いにぶつかり合い、妥協をせずにあるべき姿を追求したこと

⑥技術者が妥協すれば、安全・品質・生産性を確立できず市場に投入できなかった

●東日本大震災対応

今でもこの時は忘れない。

当日は大阪で取締役会が開催される予定で、大阪の事務所に出社していた。

突然大きな揺れが襲ったため、この揺れはただ事ではないと思い、各拠点工場に電話を入れるも繋がらず現況が摑めずにいた。

そしてテレビをつけたと同時に目に入ってきた映像を見て、驚きと恐怖が事務所を襲った。大阪でも揺れが間隔をあけて起きていた。

時間が経つにつれてその被害状況がわかってきて各拠点工場とも連絡がとれ、特に関東二工場で被害が大きく出たことがわかったので、当日中に関東に移動しようとしたが、新幹線が動いていないため移動できなかった。


翌日始発の新幹線に生産企画部長と一緒に乗ることができたが、東京事務所に着いたのは正午を回っていた。東京事務所で再度状況を確認したあとに、関東の工場に向かうようにしたが、東京駅には人の波が押し寄せていて駅構内に入ることすらできなかったため、タクシーを使おうとしたが、それも大行列で無理であった。

徒歩と地下鉄、途中タクシーを使いようやく電車に乗ることができたが、途中、架線火災で電車がストップしたため、またタクシーを使い、そして迎えにきた会社関係者の自家用車に乗り、工場に着いたのは、夜八時を回っていた。

工場に着くと工場幹部全員が余震の揺れのなか待っていてくれた。幹部の説明で従業員は全員無事であることを確認し、案内で工場の周りを外から暗い中ライトの明かりを頼りに視察した。

翌日も朝から工場に入り、生産企画部長と工場長にこの工場に「災害対策本部」を設置することを指示した。

その後、再度工場を視察したが、前夜とは違って昼間にはその被害の全貌が目に入ってきた。特に立体倉庫内の商品が崩れ落ちて非常に危険な状況であったため、高所作業業者・鳶職を早急に手配するよう指示し、また危険物倉庫はじめ外壁・内部と水・光熱箇所を専門業者に即見てもらうよう指示をしてから、関東のもう一つの工場に車で移動した。

移動の途中の道路は波打ち、電信柱は斜めに傾いていた。余震はまだ続いていて、揺れの大きかったことを感じた。

工場に着くと、やはり幹部全員がいて被害状況と従業員は全員無事との説明をしてくれた。

そして工場内に入ると、生産機がとんでもない所に移動しており、壁は崩れ、クリーンルームは屋根から完全に崩れていた。避難時に安全シャッターをカッターで切り、そこから全員逃げて無事だったとのこと。この工場の被害が一番大きく、急ぎ、先刻の工場と同様の指示を行った。

そして東北にある工場では、工場自体の被害は小さかったものの物流面がストップし生活物資がないとの連絡を受け、早々に手配をした。

災害対策本部を設置した工場に戻り、被害状況とバックアッププランをまとめるため、黒板に地域・場所・被害状況・復旧項目・担当・業者を記入し進捗がわかるように書き、そして対策本部内全員がそれを見て共有し行動できるようにした。そして顧客の窓口である営業に対しても周知させた。

しかし顧客も有事であることは重々承知の上であるが、商品を切らすわけにはいかないため、ラベル納入をゴリ押ししてきた。

幸い高所作業業者・鳶職の手配が早かったため、一週間経たずに在庫品のラベルを顧客に納入することができて喜ばれた。

あの段階で高所作業業者・鳶職を手配したのが良かった。一日でも遅れていたら高所作業業者・鳶職とともに引っ張り凧で手配できなかったと思う。そうしたら顧客信頼はどうなっていたか。

営業・生産部門含め、朝・昼・夕に対策会議を開催し、今後の課題と被害復旧進捗状況を共有し行動指示を出した。

その後は、原発の放射能漏れ等で関東の工場従業員の不安もあったが、社長が直轄する災害対策本部が、この工場にあるからとの安心感もあり、工場全員が復旧にあたってくれた。

しかしその中でも余震があるたびに全員が工場建屋外に避難をすることがあり、そのたびに冷や汗ものであった。

また海外の各拠点からも応援と励ましのメールをいただいた。

「当社グルームは喜びも悲しみもみんなで分かち合い助け合う。支援は惜しまない」等のメッセージが印象に残っており、これが私たちの会社の強みであると思った。

重要なことは、

①トップ自ら現場の状況を三現主義で確認すること
②現場を回り従業員と対話をし安心感とやる気を出させること
③そして的確にゴールイメージを描き指示を出すこと
④関係部署と連携し情報及び施策の共有化とＰＤＣＡサイクルをスピードを持って回すこと

アメリカ単身赴任

東日本大震災の復興が進み、会社も通常に戻った時に、今度はアメリカとメキシコの社長に任命され、渡米することになった。日本法人の社長に就任してから三年が過ぎ、私は五十四歳になっていた。

そんな時、健康であった母が他界した。八月に一度渡米した後、本格的なアメリカ赴任の準備のため一時帰国している最中のことだった。

母は、生前に「死ぬ時は苦しまずに逝きたい」と毎日神様にお願いをしていた。ピンピンコロリとよく言っていたがその通りに苦しまずに逝ってしまった。

享年八十五歳の波乱な人生の幕を下ろした。晩年は私たちの家で一緒に住み、私が単身赴任で留守をしている時も妻がよく面倒を見てくれていて娘とも仲良く過ごしていた。そして家族全員でディズニーランドや温泉旅行にも行き喜んでいた。私なりに親孝行はできたと思う。

心優しい母は、私がアメリカ赴任中に色々と心配するだろうと思い、迷惑をかけないようにと逝ってしまったのか……。

そして私は母の葬儀を済ませて渡米した。

アメリカの工場に着任をしてから最初の三カ月で、メキシコ工場も含む各シニアマネジャーと面談を繰り返し、アメリカとメキシコの組織改革を行った。これは初めての海外出張でイギリスの工場支援をした経験をもとに、三カ月であるべき姿を描き、変化の兆しを会社全体に知らしめる目的であった。

そしてまず始めに取り組んだのは、アメリカ・メキシコ工場の生産性改革である。アメリカとメキシコの工場は日本と違い、非常に品質・生産性とも課題が多く、まだまだ改善の余地があった。

ＫＰＩ（Key Performance Indicator：重要業績評価指標）の目標値を日本と同等にして、「打倒日本」そしてグループ会社でナンバー１になると従業員全員の前で発表し周知を図った上で改善活動を展開した。

結果としてメキシコ工場が日本のＫＰＩを超えるようになった。メキシコ工場の工場長がリーダーシップをとり、従業員に対し安全・品質・改善活動の教育を熱心に行った。そして部課長クラスも優秀で自分の部下に対し改善活動を展開した。その改善活動のＰＤＣＡサイクルのスピードも速く、良い改善内容が次々と出てきた。その内容を日本でも一部展開をするほどであった。

一方、アメリカの工場は、組合組織が強く、何か新しい取り組みを行うとなると過半数を超える組合員の賛同を投票で得なければならず非常に時間がかかった。

また利益を出すためのラベル商品単位の原価管理も導入し、全てが同じ生産条件ではなく売りに対する利益を明確にし、利益の低い商品でも利益を出すために生産条件の改善を行った。

この時に指導したことをまとめると、

①工場の役目・存続目的は、受注変動が起きて売り上げが下がっても利益を出し続けることである

②そのために顧客の信頼と満足をいかに得るかを工場は考え、顧客が何を課題として何をこちらに求めているかを知り行動を起こす

③利益を出すためには、個々のラベル商品の原価分析と改善活動、そして管理が重要である

次に取り組んだのは、アメリカの三拠点の統廃合である。

小ロット対応工場の閉鎖、及び大型の新工場の建設を行うという大プロジェクトを

同時に進行するというものであった。

まずこの大きな二つのプロジェクトに対し、非常に優秀で組合関係にも強い現地の生産本部長を責任者とし、進行することにした。

工場閉鎖を進める上では、プロジェクト責任者が当該工場長と補償問題や商品移管スケジュールを含め綿密に話し合い、そして工場長の協力のもと大きな問題もなく閉鎖することができた。

新工場設立においては、既存工場の組合関係・建設業者・生産設備会社・工場長募集・従業員募集と多岐にわたり調整が必要なため、生産技術部や人事部を含めプロジェクトに参画させ進行し、やはりプロジェクト責任者のリーダーシップにより当初のスケジュールを遅れることなく建設ができ、生産に入ることができた。

この時に痛感したのは、
①プロジェクト責任者の任命は、現地をよく理解しリーダーシップのある人材起用が重要であること。現地駐在の日本人では到底無理であった

②現状を主観を交えず客観的に報告ができて、課題を明確にし対処する手段まで考えられる人材をリーダーにすべきである

③有言実行と部下から信頼のある人材がリーダーになるべきである。そして出した目標に対してK（経験）K（勘）D（度胸）に頼り過ぎず決してD（妥協）をしないリーダーであること

アメリカでの単身赴任生活では、仕事以外にもこんなことがあった。

よく「アメリカは銃社会である」というが、本当にその通りであった。

まず私がアメリカで住んでいた町の大手スーパーマーケットでは、子供玩具の横に銃・ライフルが平然と売られていた。

親が子供に銃を買い与え、銃の撃ち方を教えるのだ。

実際、親が幼い息子に銃の撃ち方を教えた翌日に、弾倉に弾が入っていないものと思い込み、妹に向けて発砲してしまい、亡くなるという事故が実際にあった。

会社には当然銃の持ち込みは不可であるが、アメリカ人に聞くと自己防衛のため車

のダッシュボード内に銃を入れているということだった。二十歳代の女性が、通勤時に車の中で自分のこめかみに銃をあて自殺したという事故もあった。

また、各家庭にももちろん銃やライフルがある。また銃のコレクターもいて色々な銃が手に入り収集もされている。

実際に家で酒を飲んでいて泥酔した男が、それを咎めた母親を銃で撃つ事件や、地元でも優秀で有名な警察官（麻薬捜査官）が夜に背後から射殺される事件などが起きた。

アメリカに赴任した三年間ではあるが、小さな町でもこのような銃の事故や犯罪が起きる。私がこのようなトラブルに巻き込まれたことを想像すると背筋が寒くなる。

アメリカ赴任中に趣味であるバイクを購入した。ハーレーダビッドソンのロードキングCVOを本場で購入したことは嬉しかった。

ヨーロッパ単身赴任

アメリカに赴任し丸三年が経ち、後任育成も終わった頃に今度は、ヨーロッパ三拠点の社長の任命を受けた。

まだアメリカで新工場を軌道に乗せていなかったため後ろ髪を引かれる思いであったが、アメリカからヨーロッパの拠点に赴任をした。

赴任してから四カ月も経たない十二月にポーランド工場で大きな火災が発生した。火災発生当初は、すぐに鎮火するとの報告を受けていたが、火の勢いは時間が経つにつれ増し、延焼が拡大しているとの報告があり、翌朝にオランダからポーランドに向かった。

ワルシャワの空港からタクシーで一時間半かかり工場に着くと、焼け焦げたにおいが強烈で工場外壁が煤で黒くなっていた。

現地駐在員と工場長・マネジャー、そして駆けつけてくれた日系の建設会社の人から状況の報告を受けた。

また工場長から、従業員の間で、このような大きな火災が起きて会社はここから撤退するのではないかとの噂と不安が聞こえるとの報告があった。ポーランドでは、火災を発生させた企業は復旧させるより違う地域で新工場を建てた方が費用も安く稼働も早いという考え方が当たり前のようであった。

それを聞き、工場長に対し明朝に従業員全員が出社するように指示をした。

そして建設業者の案内を受けて工場内に入った。工場内は印刷エリア及び印刷機が全焼し天井が落ちた状態であった。あまりの悲惨な状況に、それを見た時に涙が出るほど悲しかったのを覚えている。

印刷工程より後の工程エリア及び機械も煤だらけで、生産エリア以外の事務所・ロッカールーム等も煤だらけで水・光熱関係は全て機能しない状況であった。

消防署から有毒ガスが発生しているため立ち入り禁止区域が指示され、入室時の服装・防毒マスク・手袋着用を義務付けられた。

この状況を見て従業員が不安になるのがよくわかった。

翌朝の寒い小雨の中、従業員が工場の外にある避難場所に集まってきたので、電気・暖房はないが、会議室に全員入るように指示をし、みんなの移動を確認すると会議室の中は、従業員でギュウギュウ詰め状態で今後の会社のやるべきことの説明に入った。

「皆さん互いに隣の人の手を取ってください。外は寒いですが、電気や暖房もない小さな会議室でもこのように手を取り合うと暖かいでしょう。我が社は皆さんと手を取り合い必ずこの工場を復興させます。そのために皆さんの協力が必要です。一緒に工場を復興させましょう」

するど、みんなが涙を流し手を固く握り合い大きな拍手が起こった。

この瞬間に、他社と違い、この会社はここから去らないとみんなが思い、噂が払拭され、みんなの工場復興の意識が一つになった。

そうして工場復興作業に入り、まず始めたのが東日本大震災での経験を生かし、建築会社・生産設備会社を入れた災害本部立ち上げを行い、詳細な被害状況の確認と対応内容、そしてその納期設定、顧客商品の生産を行う協力印刷会社を探すリカバリープラン等の進捗が一目でみんながわかるように掲示され、進捗の都度改廃を実施していった。

大きな問題はこうだ。

①火元であった印刷エリア及び印刷機解体と排出、そして再建築と新印刷機の搬入等の予定

②印刷エリア再建築においては、延焼防止策をどうするか現地消防との仕様詰め

③全てのエリアに有毒ガスが入り込んだため、生産設備を解体し部品単位での有毒物質除去と復元

④印刷エリア以外の、建屋の壁・天井裏・ダクトの内外等も全て有毒物質除去作業の実施

⑤顧客対応のための協力印刷会社を探し、自社の印刷品質に対応可能かの評価

これらの問題を明確にし、そのゴールをこのように設定した。

①印刷エリアの延焼防止策及び新規機械搬入、そして生産開始を一年後とした
②その他のエリア内及び生産設備の有毒物質除去、そして生産開始を四カ月後とした
③協力印刷会社の評価及び印刷開始をも四カ月後とした

このゴールをみんなで達成させるためにクリスマス休暇・お正月休み返上で昼夜問わずに本当によく頑張ってくれたと思う。

特に十二月中旬から一月・二月は、気温がマイナス一五度から二〇度と極寒で、日本からホッカイロ等を送ってもらったり、灯油式ストーブを購入し寒さを凌ぎながらの作業であった。

有毒物質の除去については、運良くグローバルに展開している専門清掃会社が見つかり、延べ四百人を投入してくれた。機械解体時は部品単位で写真を残し、有毒物質除去後に精度良く組み立て再現をし、屋根裏等のダクトもばらして内側まで清掃を実施した。

建屋再建築については、建築会社の延焼防止のノウハウを注ぎ込み、良い設計となった。何より一番の感謝は火災発生時に即対応してくれたことで、被害状況も詳細までわかったので打つ手が明確であった。

印刷機メーカー・製版メーカーも即日対応してくれ、通常一年半から二年かかるところを十カ月で対応してくれた。

印刷協力会社も三社が対応してくれた。

各社及びみんなの協力があり、ゴールの期日に遅れることなく復興ができた。

本当に感謝、感謝である。保険会社も、「ヨーロッパでこれだけ早く復興した会社は今まで見たことがない」と言うほど、大変な一年であった。

このあってはならない大きな火災の経験をグループ会社全体に生かそうと、火災発生の三カ月後にグローバル防災プロジェクトを立ち上げた。

日本・アメリカ・メキシコ・ASEAN・イギリス・欧州の各工場長がポーランド工場に集まり、現場にて三現主義を行い、二原を持って今後の着火防止策と延焼防止策を議論し今、自工場でできることを、自工場に戻り実践を開始した。この防災プロジェクトは定期的に専門家を交え、現在も開催し続けている。

重要なことは、

①問題を聞いたら即日アクションをとる。従業員の共感は大きな力となる
②三現主義に徹し現状を把握する
③関係者を巻き込み参画させ課題と施策を共有化する
　またトップ自ら関係会社に出向き協力のお願いを行うことが重要
④現況を理解した上でゴールを決める。この際には、リーダーとしての腹積もりをしておくことが重要
⑤ゴールを周知する際はその必要性を説明し、譲ってはいけない
⑥強い意志は必ず伝わる
⑦「報連相」を徹底し進捗課題に対し適切に指示する
　そしてスピードあるＰＤＣＡサイクルを回し管理する

⑧工場はいつ何が起こるかわからない。平常時に有事の備え（ＢＣＰ：事業継続計画）をしておく。この場合は協力工場がないため、一から探すことになり顧客納入に時間がかかった

ポーランド火災の工場復興が一年かかり、顧客が競合他社に流れ受注量が落ち込み、これから信頼を再構築していこうという段階で、私は日本で『ものつくり担当』になりグローバルに活動するようにとの任命を受け日本帰国となる。

ヨーロッパには一年半弱の赴任であり、やり残しが多々あったが、今回の工場火災を機にグローバルでの管理活動の重要性も理解することができた。

日本帰国

帰国後、日本本社の役員となってからは、早々にグローバルな横軸管理機能であるＧＭＣ（グローバルものつくりセンター）を他社の事例も参考に立ち上げた。

このGMCの機能としては以下の7つを設けた。

①労働安全防災管理
②グローバル開発
③グローバル特許管理
④省人化生産工法開発
⑤グローバル購買
⑥グローバル環境対応
⑦SCM（Supply Chain Management）改革

これらの機能の中で一部の活動を紹介したい。

■省人化生産工法開発について

この開発の背景には、労働人口の減少（作業者の多国籍化）及び受注量の小ロット化の加速、そして生産ラインが多工程におよぶため工程間の仕掛り品量問題の解消があった。

そして大きな課題として、作業者の技量による生産性と品質のバラツキがあり、それをなくすため人に頼らない工法開発が急務であった。

まず始めに現場の小ロット比率を各拠点単位で調査した。結果としてヨーロッパの小ロット比率が最も高いため、新工法開発のターゲット地域をヨーロッパとした。

そして新工法の構想として、日本の生産本部長時代から考え温めていた「多工程の一貫ライン化」を具現化することにした。

具体的には、作業者の技量に頼らないセット替えの自動化と、セット替え時間を一〇分以内とすること、作業・品質記録自動化の設備開発をすることとし、そのゴールを一年間に決め、プロジェクトを発足した。

このプロジェクトメンバーの選定には、印刷もスリットも製袋も知らない機械技術者を選定した。理由としては既存生産を知っている技術者は現状に縛られ、発想が跳ばないためである。

またこのプロジェクトはヨーロッパの印刷機メーカー・スリット機メーカー・製袋機メーカー・IT会社との協働プロジェクトとし、自社の技術者がリーダーとなり進行させた。

構想の具現化と設計に三カ月を要し、各社との調整を経て、モデル機の製造のため技術者がヨーロッパに六カ月の長期出張をし各社と議論とテストを重ね、一年で一貫ラインを完成させた。これまでにない人の技量に頼らない工法である。

長期出張をした技術者は、はじめ英語を片言だけ話せる程度であったが、完成時にはプロジェクトメンバー各社の技術者から何の問題もないと言われるくらいに英語が話せるようになっていた。本当に苦労したと思う。

また、私が海外赴任中で感じたことだが、アメリカ人は、徴兵制があったからか上司の指示は絶対であり、イエッサーの世界であるが、ヨーロッパ人は、議論好きで顧客・上司関係なく議論をし納得しなければ動かない、また納期も守らない。そのヨーロッパで新工法を一年で完成させたことは本当に素晴らしいことである。

①強い思いは、人を動かし人を成長させる
②強い思いは、国内外問わず必ず賛同を得て全体の行動へと繋がる
③プロジェクトの背景・ゴール（あるべき姿）と取り組むメリット、そしてスケジュールを理論的に、そして強く熱い思いで語らなければ、人・会社（協力会社）は動かない
④海外では特にＰＤＣＡ（Plan-Do-Check-Action）サイクルのＣＡ（評価・改善）が重要で、それが弱いとスケジュール通りには進まない。カルシウム（ＣＡ）不足は骨を折る

■労働安全防災

自社グループでグローバルに労働安全防災活動を展開中に、関東の工場から火災が発生した。被害は印刷機一台の一ユニットからの静電気による火災であった。

連絡を受けた当日に大阪から関東工場に移動し、日本法人の社長とともに災害対策本部を設置した。

消防署の現場検証が終わると印刷エリアの操業停止処分が決まった。

早々に工場長はじめ工場幹部との真因追究を行うとともに対策検討を始めた。消防署からは施策が実行可能かの検証が終わるまでは操業停止処分の解除はできないとのことであった。

一週間を待たずに消防署の推定原因の施策と、自社で考えうる原因をリストアップし、その施策もまとめ消防署に報告し、消防署の立ち会いのもと現場検証を行い了承を得て、火災を発生させた印刷機以外の稼働を承認された。

ここで大きな反省は、
①グローバルに労働安全防災活動を展開し問題が発生した際には、その原因と対策をグローバルに共有し実施するようにしていたが、当該工場とは違い、他工場の危機感は温度差があり、自工場で発生し、はじめて危機感を持ち行動するということ

②グローバルに労働安全防災の実施状況を監査し、常に見られているという意識を植え付ける必要がある
③顧客満足とは顧客が望む納期に対し厳守することが重要であり、工場で問題が発生し生産できなければ顧客満足どころではない。労働安全防災活動が最優先である。このことを工場経営者及び幹部に徹底的に知らしめる意識改革が必要である
④工場内監査も定期的でなく不定期に行うことが重要である。これは定期的に行うと従業員はマンネリ化するためであり、不定期に行うことにより作業者に対する刺激は持続し、それが習慣となる
⑤労働安全防災の教育は、工場経営者と工場幹部に徹底的に行うこと。工場経営者が知らなければ現場に入っても指摘・指導・是正ができない
⑥工場長はじめ工場幹部は、現場に入ることの恐ろしさを知ること。何故なら現場に入ってルール違反を見過ごせば、作業者はこれでOKなのだなと判断し次回からそのルール違反が当たり前となる。これは全て工場長はじめ工場幹部の責任である

工場とは、本当に生き物であり、一日として同じ状態の日はない。人が人を管理するが、その人の体調も精神的な面も一日として同じ日はない。その怖さを本当に今の工場長及び工場幹部は知って行動しているのだろうかと考えると、グローバルにものつくりを管理する立場の私は、本当に怖く精神的にもキツく強いストレスであった。

また、私が成し遂げられなかったのは、人に頼らない工法開発のテスト機は造ったが、それをグローバル展開するところまでには至らなかったことだ。

これからのものつくり・工場のあるべき姿は、コロナ禍の問題も考えると、人の教育・技量に頼らない無人工場を実現させることであると思う。

最後に

今まで印象に残る出来事を書いてきたが、生きる上で、そして社会人（ビジネスパーソン）としてこれだけは重要であると思うことを以下に書き留めたい。

人生には、その時は眠ることもできない苦しい大変な問題でも、前を見据えて行動した結果が大失敗で終わったとしても、それは必ず自分自身を大きく成長させてくれる。

一番重要なことは、頭の中でいくら考えても二次元的思考（平面的思考）では自分の想定を超えることはできず、電柱に隠れている凶暴な犬を見つけ出すことはできない。行動を伴う三次元的思考（立体的思考）をすることにより、陰に隠れている具体的な危険や問題、そしてその対応策が明確になる。

この時の行動とは、自分自身だけではなく組織の上下左右そして部外者を含む人を活用するマネージメントである。

強い意志を持ってゴールを描く、強い思いは言霊となり自身から飛び出し、人を巻き込む行動となり必ず事は成る。

強く思い続けることにより、ある日突然にアイディア（知恵）が必ず出てくる。アイディアが出ないのは、思いが弱いからである。またはアイディアを出すだけの知識の蓄積がないため、知識と知識を結びつけることができないのである。

知恵は知識がなければいくら思っても突然出てこない。そのため他社の現行の技術や最新技術、そして自身の関係技術以外の技術にも興味を持ちながら自身で数多く見聞きをすることで、はじめて技術知識の構築ができる。

知らないことを武器にすること。見栄を張って知ったかぶりをせず、知らないことを恥ずかしいと思わずに、「何故、何故」を繰り返し聞くことにより知識は増える。聞かれた方も次に何を聞かれるのかと事前に勉強し準備をする。そして答える度に成長していく。


自分という人間は三人いる。

上司が思う自分・同僚や友達が思う自分・自分が思う自分。

どれも等しく自分ではあるが、それぞれの視点は大きく異なる。

仕事をしていく上で大切にするべき自分の見方がある。

この中で一番注意すべきは、「自分が思う自分」という狭い視野だけで会社や仕事を評価することだ。我が強すぎて上司の意見・指導を聞かずに行動し、失敗をする。

自分はこれだけ頑張ったのに評価が低いと嘆き、反省することなく文句を言い、上司と自分のベクトルが合うことなくどんどん離れていく。挙げ句の果てに会社を辞める羽目になる。

次に「同僚や友達が思う自分」だが、同僚や友達は話を聞いて同情してはくれるかもしれない。しかしそこから軌道修正することは難しい。結局は自分が思う自分の行動となり自分の視野は狭いままだ。

一番頼りになるのは「上司が思う自分」である。上司は部下の行動や「報連相」をよく聞き、仕事のやり方の軌道修正・指導を行い、結果を導き出そうとする。この時に上司とよく議論をし、納得し行動を変えることが成功の近道だ。当然のことだが良い結果がでる。そして評価が上がり、信頼と評価を得られ会社でステップアップしていく。部下を憎く思う上司はいない。何故なら部下を一番見ているのは上司だからである。社会人としてよく肝に銘じて欲しい。

令和二年九月　風中　鐵馬